LES

CONVERSATIONS

DU JOUR DE L'AN

CHEZ MADAME DU DEFFAND

IL Y A UN SIÈCLE

Janvier 1777 — Janvier 1877

LES

CONVERSATIONS

DU JOUR DE L'AN

EN 1777

a

MISE EN VENTE

1b0 exemplaires papier vergé.

  10   —   Chine, numérotés 1 à 10.

  10   —   Whatman, numérotés 11 à 20.

Le fac-simile de la reliure aux Chats *est à la* *page* XI.

PIDANZAT DE MAIROBERT

LES

CONVERSATIONS

DU JOUR DE L'AN

CHEZ MADAME DU DEFFAND

IL Y A UN SIÈCLE

Précédées d'observations nouvelles sur les *Mémoires secrets*
dits de Bachaumont et sur *l'Espion anglois*

PAR

A. P.-MALASSIS

AVEC FAC-SIMILE DE LA RELIURE *aux Chats*
DE MADAME DU DEFFAND

PARIS

J. BAUR, LIBRAIRE-ÉDITEUR

11, RUE DES SAINTS-PÈRES, 11

JANVIER 1877

Assis aux bords du golfe de Corinthe, entre Ménécrate et Musonius, j'en ai plus appris de celui-ci, sur Néron, chanteur, en représentation, qu'avec Suétone et Tacite. Je me suis dissimulé derrière Pidanzat de Mairobert, travaillant à la tapisserie chez Mme du Deffand, pendant les visites du jour de l'an, et j'ai pu prendre, du ton de la conversation dans la bonne compagnie de Paris, il y a un siècle, une idée plus exacte et plus vive que les moralistes et les auteurs de mémoires ne me l'avaient su donner.

Certes, on ne pourrait dire que *Néron, ou le percement de l'isthme*, attribué à Lucien, et qui n'est pas de Lucien, soit un chef-d'œuvre ; non plus que les *Conversations du Jour de l'an, en janvier 1777 :* mais il faut que cette forme du dialogue, maniée avec légèreté et précision, ait une sorte de grâce d'évocation.

Ce n'est pas d'hier que nous avons remarqué et noté les *Conversations*, au tome V de *l'Espion anglois*. Il y a vingt ans déjà, nous avons mis le sinet à ce morceau curieux, et le livre ne nous est plus passé par les mains sans l'avoir irrésistiblement feuilleté à ce bon endroit. Cet attrait persistant, et les recherches qu'il nous a imposées, ont amené, à la longue, la remarque bibliographique qui fait l'objet de cette note, et peut se résumer en ceci : Non-seulement Pidanzat de Mairobert a rédigé les douze premiers volumes des *Mémoires secrets*, sans parler des *Suppléments* des volumes postérieurs, mais il est l'auteur, le seul auteur, des dix volumes de *l'Espion anglois,* dont on ne lui attribue que les quatre premiers. Jamais écrivain, interrompu dans son œuvre par une mort inopinée et violente, n'eut moins les honneurs d'un aussi notable effort littéraire que le sien.

Les *Mémoires secrets pour servir à l'histoire de la république des lettres en France...*, connus sous le nom de Bachaumont, commencèrent à paraître en janvier 1777. *L'Observateur anglois,* *l'Espion anglois,* à partir du cinquième volume, fut mis sous presse un peu plus tard. Les *Mémoires secrets* annoncent son apparition au

14 septembre de la même année : « *L'Observa-*
teur anglois fait un bruit du diable, sur parole,
car on ne connaît que très-peu d'exemplaires
que ne montrent pas ceux qui les ont... »

Aucun bibliographe ne semble s'être aperçu
que la seconde en date de ces publications, dans
les intentions de leur auteur commun, devait
former un recueil annexe et complémentaire à
la première, comprenant les documents et pièces
de toute sorte d'une trop grande étendue pour
prendre place parmi les nouvelles à la main soi-
gneusement morcelées, émiettées même, des *Mémoires secrets*. Et Mairobert n'entendait pas se
priver de reprendre, comme c'était son droit,
dans le plus ancien recueil en date, nombre de
menus faits et de détails anecdotiques pouvant
figurer dans les morceaux de longue haleine du
deuxième, sans se mettre en de nouveaux frais de
rédaction. Les *Conversations du Jour de l'an* en
fournissent, elles seules, de suffisantes preuves ;
on le constatera en se reportant à nos notes
sous les numéros 2, 4, 6, 23 et 26 ; de même
qu'à la note 11, on relèvera un exemple d'histoire mise en réserve pour être racontée dans
toutes ses particularités, dont l'auteur a composé la Lettre X, du tome V de *l'Espion*, le premier des volumes du recueil qu'on a persisté,
sans examen, à ne pas lui attribuer.

Lorsqu'il mit en train, à neuf mois d'intervalle, les *Mémoires* et *l'Observateur*, Mairobert avait cinquante ans ; il s'était montré, toute sa vie, nouvelliste passionné, et l'était plus que jamais. Par une fantaisie qui a fait hésiter ses biographes, il se prétendait fils de Petit de Bachaumont et de Mme Doublet de Persan dans la maison de qui il avait été élevé ; façon gaillarde et littéraire de se poser en héritier de la nouvelle et du fait-divers personnifiés. Ses successeurs dans la rédaction des *Mémoires secrets* le dépeignent comme un grand amateur, en quête de toutes les nouveautés qu'il rassemblait, ne manquant aucune première représentation, et toujours entouré dans les foyers. Côté extérieur d'une vie sérieuse, appliquée, estimée et honorée : il avait eu successivement les confidences de grands fonctionnaires, tels que Malesherbes, Sartines et Lenoir ; il était devenu censeur royal, secrétaire des commandements du duc de Chartres, et avait le titre de secrétaire du roi. Dans aucun temps, sans doute, un annaliste, par vocation, de la république des lettres, ne s'était mis à l'œuvre avec une telle expérience, une passion si vivace, et des réserves rassemblées d'aussi longue main aux sources les plus abondantes et les plus diverses.

Cette accumulation de documents variés et de

toutes proportions, où tout se remuait, depuis
la nouvelle et l'épigramme du jour jusqu'à des
mémoires sur l'administration, des morceaux
d'histoire et des peintures de mœurs, de haut
goût, faisait à Mairobert une nécessité de deux
recueils parallèles, se complétant et se pénétrant
l'un l'autre ; il en conçut sans doute le plan du
même coup, sauf à débuter par celui qui visait
le public le plus nombreux. S'il faisait compte
sur des facilités et une tolérance relative pour
les *Mémoires secrets*, il gardait des doutes sur
la fortune de *l'Observateur*, dans ses intentions
d'une visée plus haute et d'une tout autre portée.
En annonçant le premier volume, comme nous
l'avons vu, à la date du 14 septembre 1777,
il conclut, après quelques détails, que l'ouvrage
restera longtemps clandestin ; et en effet, il ne se
vendit publiquement qu'après 1789 (1).

L'ardeur dont le censeur royal se porta à ce
double couronnement de sa carrière de publi-
ciste et de pamphlétaire, ne fut égalée que par son
application singulière à signaler les symptômes
de décomposition de la vieille société française,
et par son âpreté à jouir des signes précurseurs

(1) Il est annoncé au prix de 15 livres sur un catalogue du libraire Garnery, imprimé à la suite de la
première édition de la *Police dévoilée,* de Manuel,
an II.

d'un cataclysme final, vaguement pressenti. Sans parler de la préface des *Mémoires*, où l'évolution philosophique du xviiiᵉ siècle se trouve exposée avec une netteté, une décision comminatoire, les quatre premiers tomes de *l'Observateur* surtout sont une suite de témoignages de l'irritation morale qui était alors l'état général des esprits : « Si vous eussiez consulté tous les Français avant les États-généraux, écrivait un royaliste en 1792, vous auriez vu que chacun voulait un peu de la révolution actuelle. Il semble que la fortune n'ait fait que recueillir les voix, pour la donner tout entière (1). »

Quoi qu'il en soit, durant les deux années et quelques mois qui lui restaient à vivre (janvier 1777 à avril 1779), Mairobert s'épargna assez peu pour desserrer de continuité, et comme d'abondance, les douze premiers volumes des *Mémoires* et les quatre premiers de *l'Observateur*, juste le tiers de ces deux recueils, à propos desquels son nom reste si peu prononcé. L'un devait se terminer en 1784, et l'autre en 1789 seulement.

Les *Mémoires secrets* eurent facilement des continuateurs. Pour *l'Observateur*, ce fut tout autre chose : après Mairobert il ne se trouva plus d'homme expérimenté, équipé, et de reins

(1) Rivarol, *Pensées inédites.*

assez souples et fermes pour aborder avec la
même aisance un ensemble de sujets dont les
quatre volumes parus offraient des modèles difficiles. C'est pourquoi les libraires durent se con-
tenter de les compléter par des pièces du cabinet
de l'auteur, empruntées à ses réserves. Les six
derniers volumes de *l'Observateur*, publiés sous
le titre de *l'Espion*, en 1783 et 1784, les éditeurs
en conviennent dans l'avertissement au tome
VIII, *viennent de la succession de Mairobert*, et,
détail confirmatif, les dernières pages du tome X,
et dernier, sont à la date du 22 février 1779,
onze jours avant son suicide.

Sans insister davantage, on conclura, ce nous
semble, de ces diverses observations et constata-
tions, que les trente-six volumes des *Mémoires
secrets* ont pour complément obligatoire les dix
volumes de *l'Espion anglois*, entièrement rédigés
ou composés de pièces rassemblées par Mairobert. Nous ajouterons, comme dernière remarque, que le second recueil donne, aux tomes VIII
et IX, deux séries de nouvelles qui ne font pas
double emploi avec celles des *Mémoires*, aux
mêmes dates. Mairobert les avait empruntées,
comme complémentaires, au journal de l'abbé de
Flamarens, homme de qualité, qui rédigeait jour
par jour ce qui se passait de plus intéressant dans
la capitale. Le nom de ce collaborateur ignoré

se trouve cité en note à la Lettre I, t. V, de *l'Espion anglois*.

Peut-être pourrions-nous demander, en terminant, que le nom de Pidanzat de Mairobert remplace enfin celui de Bachaumont après l'énoncé des *Mémoires secrets?* Mais la vérité, seulement bibliographique, perdrait le plus souvent ses procès contre les erreurs établies. Nous n'intenterons pas celui-ci.

Pour ajouter un ornement à cette petite publication, déjà recommandée par le nom de la marquise du Deffand, nous avons fait graver en facsimile sa reliure *aux Chats*, peu connue et fort rare (1). Cette femme célèbre légua, on le sait, sa bibliothèque à Horace Walpole, avec permission au prince de Beauvau, son exécuteur testamentaire, et au marquis d'Aulan, son neveu, de faire un choix dans ses livres. Il en est donc resté en France, et les curieux des quais ont pu y rencontrer, de temps à autre, des ouvrages de condition invariablement solide et modeste, avec cet ex-libris d'impression typographique : *Du*

---

(1) Cette reliure, en veau fauve, est sur un exemplaire des *Considérations sur les mœurs de ce siècle*, de Duclos ; Paris, Prault, 1751, in-12, frontispice de Gravelot. Pour la faire entrer dans notre format, nous avons dû la réduire d'un entre-nerfs, c'est-à-dire d'un *Chat*.

legs de la marquise du Deffand au prince de Beauvau ; la reliure en veau de la plupart manque, hélas ! des *Chats,* si désirables ! Comme d'autres belles dames, la marquise du Deffand dut sans doute sa passion pour ces aimables bêtes au livre de Paradis de Moncrif. Elle fut vive, puisqu'une estampe de Cochin l'a célébrée et consacrée (1); mais fut-elle de longue durée? On en

(1) Pièce sans titre, intitulée dans le catalogue de l'œuvre de Cochin : *les Chats angola de la marquise du Deffand, dessinés et gravés en 1746 ;* signée à gauche, en dehors du trait carré, *Cochin filius;* long. 150 m., haut. 110 m. Au bas, ce quatrain qui pourrait bien être de la marquise :

S'ils ont griffes et dents ils en font bon usage ;
On leur impute à tort et ruse et trahison ;
Ils sont gais, caressants ; la grâce est leur partage :
Qui les craint s'en repent, qui s'y fie a raison.

Cette rare estampe a été excellemment décrite par MM. de Goncourt, dans la livraison : *les Vignettistes,* de *l'Art au* XVIIIᵉ *siècle :*

« Un coin de cheminée à côté duquel s'évase une ample bergère aux pieds de bois, aux bras rustiques, aux larges coussins mollets ; sous la bergère, un panier à laine, en osier, à l'apparence de charpagne ; contre la cheminée, une petite servante ; au-dessus une petite étagère, bibliothèque à trois planchettes de livres ; dans l'angle de la pièce, une encoignure avec quelques porcelaines ; au fond, dans la boiserie unie et plate, sans ornement et sans moulure, une

peut douter. Toujours est-il qu'après avoir tant
aimé les chats, la marquise mourut en puissance
de chien ; sa dernière affection canine fut ce
Tonton, dont elle avait prié Horace Walpole de
se charger après elle, et qui mourut doucement,
à Strawberry-Hill, de gras-fondu.

porte vitrée donnant sur le noir d'un cabinet, et
dans l'alcôve qui fuit, la tête d'un lit qui paraît recouvert d'une perse à ramages, garnissant également
le mur où l'on aperçoit un petit cartel. — Telle est la
chambre à coucher de Mme du Deffand : Chardin n'ar-
rangerait pas plus simplement celle d'une de ses
plus simples bourgeoises. Et pour tous habitants, la
tranquille pièce n'a que deux chats, deux chats ayant
au cou l'énorme collier de faveur qu'ils portent gravé
en or sur les dos des livres possédés par la marquise : l'un tout noir, prêt à descendre de la bergère
pour disputer à l'autre, tout blanc, une aile de pou-
let, posée à terre sur une assiette.»

LA RELIURE AUX *Chats*
DE LA MARQUISE DU DEFFAND

LES

CONVERSATIONS

DU JOUR DE L'AN

CHEZ MADAME DU DEFFAND

EN 1777

LES
CONVERSATIONS

DU JOUR DE L'AN

CHEZ MADAME DU DEFFAND

EN 1777

———

Comme les visites du jour de l'an, Milord, durent ici pendant tout le mois de
janvier, qu'on se pique d'en faire beaucoup
et qu'elles se rendent souvent entre citoyens
qui ne se voient qu'à cette époque, qui
n'ayant aucune liaison, aucun rapport, se
connaissant à peine, sont fort embarrassés
de leur contenance, ce serait le cas assu-
rément de faire usage de notre méthode, et

au défaut de matière, de prendre son ouvrage ou un livre, ou de rêver en tisonnant;
mais les Français, loin de l'adopter, l'ont
décriée, et je trouve partout cette aisance
de société ridiculisée dans des caricatures
sous le titre de *Conversation à l'anglaise:*
il faut donc qu'ils s'évertuent de cent ma-
nières pour rompre le silence où je les vois
retomber souvent ; je parle des hommes,
car pour les femmes, elles sont inépuisables
en tous temps, et dans celui-ci leur ajuste-
ment et la fécondité des modes sont une
ressource admirable. Quoi qu'il en soit,
parmi notre sexe, les gens de précaution
évitent cette disette par le soin de se pour-
voir la mémoire d'historiettes qui puissent
servir d'aliment aux entretiens. On a ob-
servé que c'était le temps le plus utile pour
ceux qui en font recueil : vous pensez bien
que mon zèle ne m'a pas laissé oisif dans
cette abondante moisson. Vous allez être
étonné de ce que j'ai ramassé hier en une

seule soirée. J'avais dîné chez une femme
de qualité, madame la marquise du Deffand, qui dans un âge très-avancé, conserve encore tous les agréments de l'esprit,
et charme les ennuis et l'inaction de sa cé-
cité par un cercle nombreux et choisi, qui
se fait un plaisir de se rendre chez elle. Ce
jour-là, le premier personnage qui parut
fut le président Orlando (1). J'étais sur le
point d'aller au spectacle lorsque l'intérêt
de la conversation me retint et me fit successivement passer toute ma soirée dans ce
même lieu.

LA MARQUISE.

Eh bien! président, qu'y a-t-il de nouveau
au Palais ?

LE PRÉSIDENT, sortant de la cheminée et venant
s'enfoncer dans un fauteuil qu'il remplit de sa ro-
tondité.

Madame, vous savez que l'affaire de Le
Breton est accommodée ?

LA MARQUISE.

Non, je n'en sais pas bien même le fonds; vous me ferez plaisir de la reprendre, car j'aime à tenir les choses de source.

LE PRÉSIDENT.

Le sieur Le Breton, imprimeur de l'*Almanach royal,* par une innovation introduite seulement cette année dans son ouvrage, sur la liste des premiers présidents du Parlement de Paris, a mis Etienne-François d'Aligre, 1768, rétabli le 12 novembre 1774, et puis Louis-Jean Bertier de Sauvigny, le 13 avril 1771 jusqu'au 12 novembre 1774. Il avait également inséré au rang des procureurs et avocats généraux l'infâme Fleuri et les polissons de Vergès et de Vaucresson. A la vue de ces insertions scandaleuses, le Parlement a été révolté; on a suspendu la vente de l'*Almanach;* il en a résulté des conférences entre nous : bien des gens auraient été d'avis de mander le libraire et le censeur, et de les blâmer; cependant cela s'est assoupi. Le sieur Le Breton en a été quitte pour une forte réprimande, qu'il a reçue du chef de la compagnie, pour des cartons qu'il a été obligé de mettre aux exemplaires non délivrés, et pour en fournir de nouveau un double à chacun de nous. Quant à M. de Crébillon, le censeur sur lequel s'était rejeté l'auteur, il ne lui a été rien fait; on a reçu sa déclaration qu'il avait regardé les articles ajoutés comme des passages historiques (2).

LA MARQUISE.

Il me semble, en effet, que c'était le point de vue sous lequel il fallait envisager la chose; je ne vois pas pourquoi vous trouvez mauvais qu'on insère dans un almanach ce qui sera éternellement dans vos registres.

LE PRÉSIDENT.

Oh! Madame, personne ne lit nos registres; mais l'*Almanach royal* est entre les mains de tout le monde; il est chez les princes, sur le bureau du Roi; les ministres étrangers s'en pourvoient. Savez-vous que c'est une astuce de Maupeou? On ne doute pas que le Garde des sceaux et lui ne s'entendissent à cet égard.

LA MARQUISE.

Ce concert me semble bien facile. Voyons l'anecdote, monsieur le président.

LE PRÉSIDENT.

On prétend que M. de Miromesnil se sentant toujours dans un état précaire, et jaloux d'occuper la première place de la magistrature, afin de déterminer le chancelier à lui donner sa démission, avait accédé aux ouvertures de celui-ci, et s'était déterminé à lui ôter toute crainte qu'on ne revînt contre lui au sujet d'une opération avouée ainsi et ratifiée par le gouvernement; on croit fort que lorsqu'il aurait fallu en venir au traité, M. de Maupeou se serait moqué de lui. Quoi qu'il en soit, le Garde des sceaux, voyant l'humeur que nous prenions, n'a pas osé soutenir ce qu'il avait autorisé en secret, et a craint de se brouiller avec le Parlement.

LA MARQUISE.

Et le pauvre diable de libraire a été seul victime.

LE PRÉSIDENT.

Ne le plaignez pas tant, Madame; il n'en vendra que mieux son almanach; ceux qui l'ont non cartonné, voudront avoir aussi l'autre, et augmentation de débit. Le premier, d'ailleurs, deviendra fort cher, et je crois bien qu'il en conserve plus d'un de cette espèce...

On annonça en ce moment M. le marquis de Vecchio Vezzofo (3), un des vétérans de la fatuité, qui nous infecta de ses odeurs; le magistrat leva le siège, et les propos roulèrent sur un autre sujet.

LE MARQUIS.

Madame, mille pardons si je ne vous ai pas rendu plutôt mes devoirs; mais je n'ai pas pu quitter le prince de Condé, le duc de Bourbon; j'arrive hier de Versailles.

LA MARQUISE.

Y dit-on quelque chose?

LE MARQUIS.

Il y a, Madame, une fort singulière histoire et qui paraît très-vraie. Monsieur a reçu ces jours derniers une lettre, avec la suscription suivante : *A Monsieur, Monsieur le comte de Provence, pour remettre à Monsieur le prince de Montbarey, secrétaire d'Etat au département de la guerre, et son premier domestique.* On s'imagine bien que personne n'a osé ouvrir un paquet si hétéroclitement adressé; on l'a remis en mains propres de Son Altesse Royale qui en a beaucoup ri, et curieuse de savoir ce qu'il contenait, a fait

appeler sur-le-champ le Capitaine-Colonel
des Suisses de sa garde. M. de Montbarey
venu, le prince lui a donné le paquet, pour
qu'il en fît lecture. Il s'est trouvé que
c'était la lettre d'un pauvre gentilhomme,
parent du ministre, et lui recommandant
trois garçons et une fille qu'il a, dans un
style qui ne sentait pas plus le courtisan
que l'adresse. Monsieur a demandé à M. de
Montbarey si tout cela était vrai, et ce
qu'il comptait faire? Il n'a pu nier la vérité
des faits articulés dans le mémoire, mais
a paru peu disposé à exaucer la demande
du suppliant, vu son étendue et l'impossi-
bilité qu'il a prétextée d'y satisfaire. Alors
Son Altesse Royale lui a dit qu'elle comptait être plus heureuse; qu'elle prendrait
l'aîné des garçons pour son page, donnerait
le second à son frère d'Artois, et le troi-
sième à la Reine; que quant à la fille, il
espérait avoir assez de crédit pour la faire
recevoir à Saint-Cyr. Les courtisans té-

moins de l'entretien, qui avaient d'abord ri de la gaucherie du père, n'ont pu s'empêcher de reconnaître qu'il n'était pas si bête.

LA MARQUISE.

C'est très-adroit et très-plaisant. Au reste, je reconnais bien là la bonté de nos princes. Le ministre de la guerre a dû être un peu sot de la leçon qu'il recevait. Nomme-t-on l'auteur de la facétie ?

LE MARQUIS.

Oui, l'on dit hautement que c'est M. le baron de Saint-Maurice, gentilhomme de Franche-Comté (4).

Autre visite : c'était l'abbé d'Isel-Dieu (5), le supérieur des Missions étrangères, qui était en longue soutane, en collet blanc, en chapeau rabattu, et fit fuir le marquis du plus loin que celui-ci l'aperçut. La marquise qui a le talent de mettre chacun à son aise, en le faisant parler de ce qui le concerne, après les premiers compliments d'usage, interrogea l'ecclésiastique sur une matière de son ressort. Il fut question d'un prélat étranger arrivé depuis peu dans cette capitale; elle lui témoigna sa surprise de ne pas le voir loger à son séminaire.

LE SUPÉRIEUR.

Madame, M. Haun (c'est le nom du prélat maronite dont vous parlez) ignorant absolument notre langue, a dû désirer un asyle où elles se parlassent toutes : c'est-à-dire qu'il demeure parmi MM. les Bénédictins; il jouit dans l'abbaye de Saint-Germain-des-Prés de la satisfaction de converser, qu'il aurait eu peine d'obtenir ailleurs.

LA MARQUISE.

Voilà qui est bien galant pour les enfants de saint Benoît. Au demeurant, quel est cet étranger ? que fait-il ici ?

LE SUPÉRIEUR.

Il est abbé général des Antonins dont

le siège principal est au Mont-Liban. Les vexations des bachas et l'incendie de son monastère l'ont forcé à venir chercher des secours dans la chrétienté. Il est accompagné d'un religieux de son ordre et de son rit, et d'un clerc, natif de Montpellier, élevé à son monastère, qui leur sert d'interprète.

LA MARQUISE.

On dit qu'il a été invité à dire la messe dans plusieurs communautés religieuses, et que sa liturgie, tout-à-fait nouvelle, fait spectacle en ce pays, où l'on tire parti de tout ?

LE SUPÉRIEUR.

M. Haun officie en langue syriaque; les cérémonies du saint sacrifice sont, dans ce rit, les mêmes que celles du rit romain, à cette différence près que le célébrant ne prend d'abord qu'une portion de l'hostie et du précieux sang. Cette première communion faite, il saisit le calice d'une main, et de l'autre la seconde partie de l'hostie, qu'il tient au dessus du calice recouvert de la patène. Il se tourne alors vers le peuple, comme pour l'inviter à venir participer avec lui aux saints mystères, et expose aux yeux cette portion de l'hostie et le calice, les élevant et les abaissant, de la même manière que se donne la bénédiction avec l'ostensoir.

Il ne chante, à la célébration de la grand'messe, que le *Kyrie*, le *Gloria,* etc. comme dans le rit gallican. Le clerc alors l'accompagne avec deux espèces de cymbales qu'il frappe l'une contre l'autre, en différents sens, pour produire des sons variés; il frappe quelquefois l'instrument avec une clef, musique très-peu harmonieuse, et qui ne flatterait pas madame la marquise comme celle de l'Opéra.

LA MARQUISE.

Je le crois; malgré cette bizarre discordance, je ne suis pas surprise que l'originalité du spectacle nouveau attire nos petits-maîtres et nos jolies femmes ; car on dit que c'est une fureur, et qu'il faut retenir M. Haun un mois d'avance pour l'avoir.

LE SUPÉRIEUR.

Il a déjà parcouru beaucoup d'églises. Il a officié dans l'église métropolitaine, à Saint-Germain-des-Prés, à Saint-Jean, à la Merci, à la Sainte-Chapelle, avec la crosse et la mitre. Dernièrement il est allé aux Carmélites de Saint-Denis. Après la messe, le prélat, mandé par sœur Louise, se transporta à la grille, et cette princesse préférant les sandales et le cilice au luxe et aux délices de la Cour, ne fut pas un sujet d'admiration moins frappant pour lui, que lui pour l'auguste religieuse qui voulut, à la tête de la communauté, recevoir sa bénédiction.

LA MARQUISE.

Cette tournée dans les diverses églises de Paris lui vaudra de l'argent.

LE SUPÉRIEUR.

Après avoir chanté l'évangile, celui des deux religieux qui fait les fonctions de diacre, prend un plat et va faire la quête dans l'église, et l'on ne le refuse guère. On assure que M. le Grand-Aumônier lui a donné vingt-cinq louis (6).

LA MARQUISE.

A propos, comment va M. le cardinal de la Roche-Aymon ?

LE SUPÉRIEUR.

Madame, il est toujours hors de danger pour le présent, mais le coup est porté; il n'en reviendra pas; il ne fera plus que végéter; la tête s'affaiblit, et il ne l'a jamais eue bien forte; il tombe en enfance.

Le cours des visites devint, à mesure que l'heure s'avançait, plus rapide. Il entra presqu'en même temps : madame la comtesse de Harnoisbeau (7), madame la comtesse de Bussy (8), M. Dorat, le docteur

3

Lorry, et d'autres personnages indifférents dont j'ai oublié les noms. Le grand-chapeau s'éclipsa à travers cette foule; moi je continuai à travailler à la tapisserie, ce qui me dispensait de parler, et il se forma une suite de propos rompus dont je ne recueillis que les faits.

LE DOCTEUR.

Je profite, Madame la marquise, d'un instant de libre, pour vous présenter mes hommages; j'ai appris dans l'instant que vous aviez été incommodée.

LA MARQUISE.

Oh! ce n'est rien.

LE DOCTEUR.

Je vois en effet que vous allez à merveille, autrement je serais au désespoir de n'être pas accouru plutôt, mais vous n'ignorez pas que nous ne sommes point à nous. Si je ne suivais que mon goût et mon attrait, je viendrais souvent m'instruire et m'amuser parmi le cercle aimable qui se forme autour de la Minerve de nos jours.

LA MARQUISE.

Ah ! docteur, point de fadeurs : vous savez que je ne les aime pas plus en conversation qu'en médecine. Parlons d'autre chose : je ne vous ai pas vu depuis la mort subite de votre confrère Bordeu (9). Voilà M. Bouvart bien aise.

MADAME LA COMTESSE DE HARNOISBEAU.

Oh ! M. Bouvart n'avait pas besoin de cette mort pour augmenter le nombre de ses pratiques.

LE DOCTEUR.

Ce n'est pas cela, Madame la comtesse : on voit bien que vous êtes peu instruite des querelles de notre Faculté, et celles de nos beaux-esprits, en effet, doivent vous occuper davantage ; vous étiez trop jeune d'ailleurs. Bref, il y a dix-sept ans environ que Bordeu eut un procès très-grave au Parlement avec les héritiers d'un marquis de Pondenas qu'il avait accompagné malade, allant aux eaux, mort en route, et qu'il fut accusé d'avoir volé..... des infamies, des horreurs..... M. Bouvart, son antagoniste, le dénonça à la Faculté, et voulut le faire rayer ; mais étant sorti favorablement de l'affaire, il resta parmi nous. Depuis ce temps M. Bouvart, toujours implacable dans ses haines, l'a détesté, et le poursuivant jusqu'après son trépas, lorsqu'il a appris cet événement, il a dit avec son sang-froid ordinaire : « Je n'aurais jamais cru qu'il fût mort horizontalement. »

LA COMTESSE DE BUSSY.

Ah ! voilà qui est abominable.

M. DORAT.

On ne peut rien de plus horriblement méchant : heureusement, Madame, l'ombre du défunt en est bien dédommagée par votre charmant bon mot sur son compte : « La mort a eu peur de lui : elle l'a pris en dormant. » Oh ! c'est trop joli !

MADAME LA COMTESSE DE HARNOISBEAU.

C'est charmant !

LA COMTESSE DE BUSSY.

Vous êtes bien bons ; je ne sais à propos de quoi l'on est allé insérer cela dans le *Journal de Paris*.

M. DORAT.

Ne craignez rien, Madame, personne ne vous accusera de l'y avoir envoyé. C'est une de ces fleurs qui naissent continuellement sous vos pas : les rédacteurs l'ont cueillie, et en ont orné leur bouquet.

LA MARQUISE.

Que devient ce journal ? reprend-il, ne reprend-il pas ? Il n'est pas possible qu'il se maintienne sur le pied où on l'avait institué.

LA COMTESSE DE BUSSY.

Ce serait dommage ; car il serait fort amusant d'avoir ainsi les petites anecdotes de la veille.

M. DORAT.

Cela n'est pas praticable en France ; vous ne pouvez, même dans une tragédie, dans une comédie, dans un roman, insérer une allusion vague, capable de choquer quelque grand, quelque homme accrédité, se reconnaissant dans le miroir, qu'on ne vous raye l'article à l'instant. Je l'ai éprouvé cent fois. Jugez si l'on tolérera une feuille dont l'objet sera de relever directement les fautes, les ridicules, les vices de la société.

(Ici le docteur s'enfuit sur la pointe du pied, et est remplacé par M. de Marcsaint (10) ; M. Dorat l'apostrophe et continue.)

Nous sommes, M. de Marcsaint, à parler du *Journal de Paris ;* n'est-il pas vrai que jamais il n'existera, si l'on s'obstine à le continuer sur le même plan ?

M. DE MARCSAINT.

Jamais. Le régiment des Gardes est furieux pour l'histoire de la Roirie, et cependant on ne pouvait apporter dans le récit plus de circonspection... Madame la marquise aurait-elle ici les premières feuilles ?

LA MARQUISE.

Oui, elles sont dans le carton qui se trouvera sur la table de marbre.

M. DE MARCSAINT.

Les voilà : cherchons, c'est le n° 2, j'y suis. « Nous n'osons l'affirmer, mais on débite avec un ton de certitude que M..., officier au régiment des..., éperdûment amoureux de mademoiselle..., célèbre actrice de l'Opéra, lui proposa ces jours derniers de l'épouser : « Monsieur, je vous aime trop, répondit-elle, pour vouloir faire ce tort à vous et à votre famille. » L'actrice a persisté, et M..., désespéré de ce refus généreux, s'est retiré au monastère de la Trappe, dont il postule aujourd'hui l'habit. »

LA COMTESSE DE HARNOISBEAU.

Effectivement, M. de la Roirie n'est point nommé ; mademoiselle Beaumesnil ne l'est pas davantage, et l'on a supprimé jusqu'à la dénomination du régiment des Gardes (11).

Au reste, l'histoire de l'abbé de la Croix n'a pas occasionné moins de scandale dans le clergé.

LA MARQUISE.

Je ne me rappelle pas ce nom-là, ni rien qui y ait trait.

LA COMTESSE DE BUSSY.

Pardonnez-moi, c'est dans la feuille du 20, à l'article *Variétés :* « On raconta hier à un souper (et l'un des personnages était présent) qu'un jeune abbé, qui avait toutes les grâces de son état, figure agréable, propos léger et galant, fort couru des femmes, et qui possédait surtout le talent de chanter avec tout l'agrément possible, faisait solliciter un bénéfice auprès d'un prélat fort distingué et déjà courbé sous le poids de l'âge. Il vint le voir un jour d'audience ; le prélat expédia tout le monde avant l'abbé, et celui-ci, qui se voyait presque seul, augurait déjà bien de cette attention qui semblait lui annoncer un entretien particulier. En effet, quand il n'y eut plus personne, le prélat, qui connaissait la vie galante de l'abbé et son talent pour la musique, s'approchant de lui : « Eh bien ! M. l'abbé..... des bénéfices, n'est-ce pas ? » L'abbé timidement : « Monseigneur..... » Alors le prélat, pour toute réponse, se mit à lui chanter : « *Quand on sait aimer et plaire,* etc. »

LA MARQUISE.

Mais M. de la Roche-Aymon est fort mal désigné ; quoique vieux, il n'était point courbé avant sa maladie. Au reste, si l'anecdote est vraie, elle confirme ce qu'on vient de m'apprendre ; il y a toute apparence qu'il tombait déjà en enfance.

M. Dorat s'échappe en ce moment avec M. de Marcsaint, et dit : Mesdames, voilà M. de la Lande qui vous donnera des nouvelles du journal en question.

M. DE LA LANDE, entrant.

Le *Journal de Paris ?* il reparaît demain (12).

LES TROIS DAMES.

Bonne nouvelle.

M. DE LA LANDE.

Oui... mais bien maigre, absolument étique. M. Seguier ne veut pas qu'il parle des affaires du Palais, de peur qu'on ne s'aperçoive que ses conclusions ne sont presque jamais suivies. La police lui défend de parler des accidents, des voleurs, des assassins, des morts subites, et tout cela prudemment, afin de ne point effrayer les citoyens ; en un mot, pas même des récits d'actes de bienfaisance. M. de la Borde (13) s'est plaint qu'on lui en avait imputé un qu'il n'avait pas fait.

LA MARQUISE.

Il n'est donc pas vrai qu'il ait réellement remis à la famille de Bordeu, malaisée, les 80,000 livres que ce médecin avait placées sur sa tête, à fonds-perdus, six mois avant son décès ?

M. DE LA LANDE.

Non : il n'est pas homme à cela ; c'était une tournure qu'on avait imaginée pour le piquer de générosité : on voulait l'exciter à cette bonne action en le louant d'avance, comme s'il s'y fût porté de son propre mouvement. Il ne s'en est pas senti capable, et a pris l'annonce pour une dérision.

LA COMTESSE DE HARNOISBEAU.

On aurait mieux fait de prévoir toutes ces tracasseries et de ne pas laisser commencer la feuille.

M. DE LA LANDE.

C'est dommage, cela paraît bien.

LA COMTESSE DE HARNOISBEAU.

Au moins aurons-nous toujours votre article des observations météorologiques, vos notes sur la pluie et le beau temps.

LA MARQUISE.

Est-ce que vous étiez, Monsieur, pour quelque chose dans cet ouvrage ?

M. DE LA LANDE.

Ah ! pour bien peu de chose, Madame ; ce sont des notes concernant un plus

grand travail, que j'envoie au rédacteur ;
cela ne me coûte rien.

LA COMTESSE DE BUSSY, entre les dents.

Et vous rend un peu.

M. DE LA LANDE.

Oh ! point, point. Je fais tout cela gra-
tis. A propos, ce pauvre diable de La
Place, l'inventeur de la chose, est disgracié ; il a fallu une victime, et comme le
plus connu, il a été sacrifié.

LA MARQUISE.

Quel est ce La Place ? Quoi ! l'ancien
auteur du *Mercure* ?

M. DE LA LANDE.

Non, c'était un clerc de notaire qui a
quitté son état pour cette chimère, et le
voilà ne sachant où donner de la tête.

Parbleu, puisque nous sommes en petit
comité, je m'en vais vous lire, Mesdames,
une pièce de vers, adressée anonymement

aux rédacteurs de cet ouvrage périodique pendant son interruption, et qu'ils se garderont bien d'insérer à présent. Elle est charmante ; on la juge faite tout récemment, puisque c'est à l'occasion du jour de l'an.

VERS AU SUJET D'UN SULTAN ENVOYÉ POUR ÉTRENNES A MADAME L'ABBESSE DE...

Ave, *que l'on ouvre au Sultan...*
— Au Sultan, répond la tourière ;
C'est une ruse de Satan.
Un Sultan, Jésus, un Sultan !
Ma sœur, mettons-nous en prière.
Satan nous veut jouer d'un tour,
Fermons la porte à double tour,
Et clouons en dedans le tour.
Un Sultan n'est-ce pas un homme,
Qui, dit-on, donne un sort en jetant un mouchoir ?
N'est-ce pas un monsieur qui ne croit pas à Rome,
Et qui se marîrait du matin jusqu'au soir,
Sans y faire aucune pause,
Si Dieu permettait la chose ?
N'est-il pas hérétique ?...—Eh! non, c'est un sachet,

Un sachet plein d'odeur, que Sultan l'on appelle...
— Si ce n'est que cela, dit-elle,
Sans une lettre de cachet
Et sans l'ordre de l'archevêque,
Il peut entrer. Donnez, vous serez satisfait.
Excusez cependant si je prends garde...
C'est qu'un enfant est bientôt fait.

Comme M. de la Lande finissait cette lecture de vers dont je lui demandai copie, survint le comte de Milly, son confrère, qui, le surprenant dans cette fonction, le plaisanta lourdement sur le rôle futile qu'il jouait, indigne de sa gravité.

LA MARQUISE.

Soit, Monsieur le comte, apprenez-nous quelque chose de plus important.

LE COMTE.

Madame, mon confrère aurait mieux fait de vous instruire de ce fait : il y a quelques jours, M. de Lassone, premier médecin de la Reine et membre de l'Aca-

démie des sciences, a proposé dans une
assemblée particulière une question de
physique concernant à la fois l'anatomie
et la médecine. Il a établi la conformation
d'un individu mâle, et a demandé s'il ne
pourrait pas être possible que par telle
attitude, telle manière, telle circonstance,
tel moment favorable de la nature, le sujet
disgracié de celle-ci fût assez adroit ou
assez heureux pour la tromper et produire
un enfant ? Plusieurs membres faisant
attention à la qualité de l'homme, aux
détails qu'il rapportait, ne voulant point
qu'on engageât cette question, dirent que
c'était à la Faculté de médecine, ou au
Collége de chirurgie qu'il fallait la ren-
voyer, ce qui a été l'avis général. On a
ensuite demandé à l'académicien pourquoi il agitait un semblable problème : il
a répondu simplement qu'on ne saurait
trop approfondir une matière aussi inté-
ressante (14).

MESDAMES DE HARNOISBEAU ET DE BUSSY,
s'en allant et ricanant.

Voilà qui est fort curieux, Monsieur ;
cela vaut mieux que des vers.

M. DE LA LANDE.

Attendez donc, Mesdames, que j'aie
l'honneur de vous donner la main.

Entre madame Geoffrin, accompagnée
de MM. Mathos, Martelmont et de l'abbé
Calchas (15).

LA MARQUISE.

Monsieur le comte, je suis fâchée que
madame Geoffrin n'ait pas entendu votre
anecdote : daignez recommencer.....

(Il recommence.)

MADAME GEOFFRIN.

Je suis surprise de cela, mes savants ne
m'en ont rien dit.

LE COMTE.

Rien de plus vrai, cependant, Madame,
demandez-le.

MADAME GEOFFRIN.

Je le saurai, je le saurai ; car la chose en vaut la peine. Ah çà, ma bonne amie, je vous quitte pour aller voir M. Franklin, ce grand physicien, devenu aujourd'hui un politique redoutable à l'Angleterre (16)..

M. MARTELMONT.

Eh bien ! Madame la marquise, comment gouvernez-vous les spectacles ?

LA MARQUISE.

J'ai été incommodée ; je n'ai pas sorti du mois, je ne commence même à recevoir du monde que depuis peu ; mais il me paraît qu'il n'y a pas grande nouveauté.

M. MATHOS.

Vous avez *Zuma,* à la Comédie française, de M. Le Fèvre ; le public n'en a pas d'abord senti les beautés un peu outrées ; mais il s'y fait ; cela ira (17).

L'ABBÉ CALCHAS.

On nous a donné à l'Opéra un acte
détestable : *Alain et Rosette ou la Bergère ingénue* (18). Imaginez-vous qu'on a
exécuté cette pastorale après *Orphée* (19);
c'est comme si l'on buvait de la piquette
après le vin de Bourgogne le plus chaud
et le plus cordial.

M. MARTELMONT.

Votre bourgogne ne vaut pas notre
champagne d'Italie. Piccini vous en fera
convenir (20).

L'ABBÉ CALCHAS.

Monsieur, brisons-là, pour ne pas éle-
ver une querelle qui vous ferait prendre
feu aisément. Parlons plutôt du ballet des
Horaces (21).

LE MARQUIS DE LA SELLA (22), survenu
à cette phrase.

J'ai sur ce ballet une petite chanson
faite par un jeune homme, qui est la meil-

leure critique qu'on en puisse faire ; elle
est toute neuve et amusera madame la
marquise, si elle veut me permettre de la
chanter. On l'a mise sur l'air :

Palsambleu ! monsieur le curé.

Tout le monde est convaincu
Que le ballet des Horaces
En même temps est le ballet des Cu...
Le ballet des Curiaces.

Quel spectateur n'est point ému,
Voyant l'aîné des Horaces,
Prendre courage et pourfendre trois Cu...
Pourfendre trois Curiaces.

Ah ! juste ciel ! tout est perdu,
Dit Camille au fier Horace,
Je suis ta sœur, et tu perces mon Cu...
Tu perces mon Curiace.

A l'instant son frère bourru
La poignardant avec grâce,
Camille tombe, et montre encor son Cu...
Montre encore son Curiace.

Vous à qui Noverre *est connu,*
Jetez des fleurs sur ses traces;
A l'Opéra j'aime à claquer les Cu...
A claquer les Curiaces (23).

LA MARQUISE.

C'est un peu polisson (24).

M. MARTELMONT.

Madame, nous sommes en carnaval.

M. MATHOS.

C'est très-bien, et quel est le poëte ?

LE MARQUIS DE LA SELLA.

Il se nomme Auguste et promet beaucoup : il a de la gaîté ; il a des contes qu'on
appelle *Augustins,* très-plaisants (25).

L'ABBÉ CALCHAS.

Oui, si vous voulez ; mais tout cela n'est
que de la crème fouettée.

M. MARTELMONT.

Oh ! vous voudriez, Monsieur l'abbé,
que tous les poètes fussent des hommes.

Différentes visites arrivèrent encore, pendant lesquelles ces messieurs disparurent. Il ne se dit plus rien d'intéressant, et madame du Deffand se trouvant fatiguée, fit fermer sa porte, ce qui me permit de me retirer chez moi, de me recueillir et de vous rédiger la séance.

Avant de clore cette lettre, Milord, je vais encore y joindre un petit conte du jour que j'ai entendu faire ailleurs, et qui réjouit beaucoup tous les anti-philosophes, en ce qu'on y tourne en ridicule une héroïne de l'autre parti, une femme de la cour, extrêmement liée avec M. Turgot, et présidente de la secte économique. C'est la duchesse de d'Anville. Elle aime beaucoup à jouer à la Loterie royale de France, à faire des combinaisons. Ces jours derniers, elle a rêvé que, pour être heureuse, il fallait qu'elle fît choisir ses numéros par un fou. En conséquence, elle va aux Petites-Maisons, et prie les chefs de cet hôpital de lui en faire venir un, mais raisonnable à certains égards, et avec qui elle puisse causer. Le fou venu, elle lui déclare le sujet de sa visite, et le prie de vouloir bien lui nommer trois numéros sur lesquels elle doive mettre avec confiance. Le devin demande très-gravement une plume avec de l'encre, les écrit bien distinctement et séparément, puis montrant le papier à la duchesse : « Lisez, Madame, étudiez bien ces numéros ; les savez-vous par cœur ?... — Oui, Monsieur. » Alors il en fait trois parts, les plie en petites boules, les avale, puis il ajoute : « Madame, allez les prendre ; c'est demain le tirage, je vous réponds que ces numéros sortiront, qu'ils vous feront un terne, mais je ne vous garantis pas qu'il soit sec (26). »

Voilà, Milord, mes matériaux pour cette fois-ci : *levium spectacula rerum.*

NOTES

—

(1) Sans doute le Président au Parlement Rolland d'Erceville.

(2) Cette affaire est racontée dans les *Mémoires
secrets*, à la date du 5 janvier 1777, avec ce détail en plus que Le Breton avait choisi Crébillon
fils pour censeur, au lieu de Mairobert auquel il
avait été adressé. Celui-ci était, en effet, le censeur ordinaire de l'*Almanach*, « un des livres des
plus vétilleux, des plus difficiles et des plus en-
nuyeux à examiner, » dit-il quelque part.

L'exemplaire de l'*Almanach royal* pour 1777,
de la Bibliothèque nationale, a le carton exigé,
avec cette note explicite : « Carton pour l'*Al-*

manach roïal de 1777, dans lequel l'imprimeur Le Breton s'étoit ingéré de lui-même de placer, au nombre des dix anciens Premiers Présidents, Avocats, et Procureurs généraux du Parlement ceux qui, pendant la révolution de 1771, avaient rempli les places des magistrats dans la commission appelée le Parlement Maupeou. »

(3) A la lettre, le marquis de Vieuxcharmant. Nous ne savons quel seigneur, d'une galanterie surannée, cache ce nom composé.

(4) Les *Mémoires secrets*, aux 14 et 20 janvier 1777, donnent l'anecdote dans les mêmes termes. Mairobert n'a fait ici que se copier.

(5) De Burguerieu, d'après l'*Almanach royal*.

(6) Les réponses du Supérieur des Missions étrangères à la marquise du Deffand ne sont rien de plus que la nouvelle des *Mémoires secrets* du 24 février 1777, coupée et légèrement remaniée pour le mouvement du dialogue.

(7) La comtesse de Beauharnois, maîtresse de Dorat. C'est l'« Églé, belle et poëte, » de Lebrun-Pindare.

(8) La comtesse de Bussy d'Agonau, plus inconnue que la précédente, faute d'une épigramme qui ait fait sa gloire.

(9) Mort à la fin de décembre 1776.

(10) Le marquis de Saint-Marc, auteur d'opéras et de comédies-ballets.

(11) L'une des belles histoires érotico-sentimentales de la seconde moitié du siècle.

M. de la Belinaye de la Roirie, officier aux Gardes, devenu éperdûment amoureux de Mlle de Beaumesnil, de l'Opéra, entretenue, à son insu, par un oncle dont il se promettait l'héritage, lui propose de l'épouser. Sur le refus de l'actrice, il court s'enfermer à la Trappe, à l'imitation du comte de Comminges, héros d'une tragédie de Baculard d'Arnaud. Cependant l'oncle a vu un homme sortir furtivement de la chambre de sa maîtresse; après une scène injurieuse, il rompt avec elle, et va calmer son ressentiment dans une terre qu'il a au Perche. Dans une de ses promenades, il reconnaît son neveu sous les habits de trappiste; tous deux s'expliquent, et vont se jeter aux pieds d'une femme qui eût « mérité des autels. »

Mairobert, dans les *Mémoires secrets*, 3 janvier 1777, a recueilli les premiers détails de ce touchant imbroglio; puis, informations prises. l'a trouvé digne d'une narration circonstanciée. Il figure donc au tome V de l'*Espion anglais*, lettre X, sous ce titre : *Suspension du Journal*

*de Paris; son rétablissement. Anecdote qui a
donné lieu à la première.*

(12) Le *Journal de Paris* avait commencé à
paraître, le 1er janvier 1777, avec un grand suc-
cès. C'était la première feuille française quoti-
dienne ; de là l'émotion causée par la suspension
qui ne dura que cinq jours (23-29 janvier.)

(13) J.-Jos. de La Borde, le banquier de la
Cour.

(14) Il s'agit ici, à mots couverts, de cette im-
perfection physique de Louis XVI, « dont l'art
des médecins, dit Droz, ne triompha que plusieurs années après son mariage. » Elle faisait la
préoccupation avouée de beaucoup de bons Français. Sans paraître trop indiscret, un abbé venait
de conseiller au roi une posture par laquelle il
prétendait apprendre à S. M. à suppléer à son
défaut de conformation, et son zèle n'avait fait
qu'amuser « la Cour, le Roi et surtout la Reine, »
disent les *Mémoires secrets*, 31 décembre 1776.

(15) Thomas, Marmontel, et l'abbé Arnaud
qui avait aisément l'air inspiré.

(16) Franklin, arrivé à Paris depuis peu, y
était fort couru ; mais comme il ne se prodiguait
pas, la mode était d'avoir, au moins, en ostenta-

tion, son portrait gravé : il était étalé sur toutes les cheminées. Un entretien de Mairobert avec lui forme la Lettre I du t. V de l'*Espion anglais*.

(17) La première représentation est du 22 janvier 1777.

(18) Paroles de Bouteiller, musique de Pointeau.

(19) De Gluck.

(20) Il venait d'arriver à Paris.

(21) De Noverre.

(22) Le marquis de La Salle, auteur dramatique.

(23) Les *Mémoires secrets* donnent cette chanson, à la date du 22 février 1777.

(24) Ceci dit pour la forme. La marquise en avait entendu bien d'autres, et même s'était toujours mêlée d'en composer, témoin sa fameuse parodie de l'*Inès de Castro*, de Houdart de la Motte, recueillie par La Place dans ses *Pièces intéressantes*... Nous n'en transcrirons que le premier couplet :

> *Reine, je tiens ma promesse,*
> *Et mon fils doit, en ce jour,*

En épousant la princesse,
Lui donner tout son amour,
Et son mirliton, mirliton, mirlitaine,
Et son mirliton, don, don.

Cet équivoque du mirliton, persistant entre tous, serait donc renouvelé de Mme du Deffand? mais il doit dater de plus loin.

(25) Auguste de Piis, à ses débuts, s'était fait connaître sous son nom de baptême seulement; ses Contes, qu'il publia deux ans plus tard, circulaient manuscrits.

(26) Ce dernier paragraphe est la copie textuelle de la nouvelle des *Mémoires secrets* du 25 janvier 1777.

LISTE

PAR ORDRE DE SUCCESSION

DES INTERLOCUTEURS

DES

Conversations du Jour de l'an

—

La marquise du Deffand.

Le président Orlando (Rolland d'Erceville).

Le marquis de Vecchio Vezzofo (?).

L'abbé l'Isel-Dieu (de Burguerieu), supérieur des Missions étrangères.

La comtesse de Harnoisbeau (de Beauharnois).

La comtesse de Bussy d'Agonau.

Dorat.

Le docteur Lorry.

Saint-Marc.

La Lande.

Le comte de Milly.

Madame Geoffrin.

Mathos (Thomas).

Martelmont (Marmontel).

L'abbé Calchas (Arnaud).

Le marquis de la Sella (de la Salle).

LISTE

DES PERSONNES CITÉES

<small>DANS LES</small>

Conversations du Jour de l'An

Et dans les *Notes*

———

A<small>LIGRE</small> (François-Étienne d'), premier président du Parlement de Paris, p. 6.

A<small>NVILLE</small> (la duchesse d'), p. 38-39.

A<small>RNAUD</small> (l'abbé), p. 44.

A<small>RTOIS</small> (le comte d'), depuis Charles X, p. 11.

B<small>ACULARD D'ARNAUD</small>, p. 43.

B<small>EAUHARNOIS</small> (la comtesse de), femme auteur, p. 42.

B<small>EAUMESNIL</small> (Mlle), de l'Opéra, p. 24, 43.

B<small>ERTIER DE SAUVIGNY</small> (Louis-Jean), premier président du Parlement de Paris, p. 6.

B<small>ORDEU</small>, médecin, p. 19-20, 27.

B<small>OURBON</small> (le duc de), p. 10.

FIN

TABLE

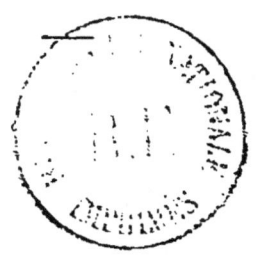

C. MOTTEROZ

Paris. — Typ. Motteroz, 31, rue du Dragon.